Margret Steckel

Mutterrache

Novelle

CAPYBARABOOKS

Dieses Buch erscheint mit freundlicher Unterstützung des
Nationalen Kulturfonds Luxemburg.

FONDS
CULTUREL
NATIONAL

ISBN 978-99959-43-54-7
4. Auflage 2023
© capybarabooks, Mersch 2023

Layout & Covergestaltung:
Kommunikationsdesign Petra Soeltzer
Coverillustration: Christie's Images Ltd – Artothek
Autorenfoto: Georges Hausemer
Druck: Conte, St. Ingbert

www.capybarabooks.com

Mein Lebensgefährte mauert. Mein Lebensgefährte ist das Telefon, und das Telefon schweigt. Heiligabend ist es mal wieder, und die Einsame darf ihr Selbstmitleid benetzen. Ich muss dran arbeiten, den Schalter ölen, den Abschalter. Einladungen gibt es nun nicht mehr, nachdem man immer wieder abgelehnt hatte. Ein paar Anrufe am späten Nachmittag, Pflichtanrufe, sie wurden absolviert. Seit Jahren immer der gleiche Verlauf: Ab sechs Uhr bleibt es still, dann sind alle mit sich selbst beschäftigt. Der Abend kriecht. Und wehe, es klingelt zu später Stunde doch noch einmal! Diese Springflut von Freude, wie kann man sie zähmen, damit die Enttäuschung nicht zum Sprung vom Balkon treibt. Nicht der ersehnte Anruf, nicht das geliebte Kind, die sture Tochter mit dem kalten Herzen, sondern nur die beste Freundin. Die falsche Stimme eben. Kotzmitleid. Kann sich denn keiner mehr irgendwas vorstellen? Enttäuschung? Verzweiflung? Können sie sich nicht vorstellen, wie in der Brust ein ganzes Baugerüst zusammenfällt, wenn sie zu später Stunde noch anrufen?! Ich hab den ganzen Tag daran gewerkelt, an diesem inneren Gerüst, bin in der Wohnung im Kreis gelaufen und habe meinen Rosenkranz gegen die Hoffnung gebetet, ich nenne es mal so. Das Gleiche am Nachmittag im Park. Nein, ich habe nicht gebetet, ich habe gebaut und bin dann wie nach schwerer Arbeit nach Hause geschlichen. Ich erlaube dem fortschreitenden Abend keine Spielchen mehr. Entweder die Tochter ruft an, oder sie ruft nicht an. Die Vorstellung aber, im Kreise schnatternder Leute zu sitzen und hier in der leeren Wohnung klingelt möglicherweise das Telefon, klingelt und klingelt. Eine Stimme, die nach mir ruft und ungehört verhallen muss, die bloße Vorstellung würde mich aus jeder fremden Behausung jagen, also besser gar nicht erst hinein! Und mit Gesöff hab ich mich eingedeckt. Sekt muss sein, örtliche Betäubung, keine Vollnarkose. Den Fernseher hab ich wieder ausgeschaltet. Starren ohne Bildschirm. Ich starre aufs Telefon. Schlimmer, ich fixiere es, als besäße es Herz und Denkvermögen. Aber es lässt sich nicht erweichen, bleibt kalte Technik, keine telepathische Empfangsstation. Dafür muss ich durch die Wände, durch die riesige Stadt, durch Landschaften, über Flüsse und hinter Wälder, über Hügel zu einem der deutschen Mittelgebirge bis zum kleinen Kaff, zum kleinen Vorgarten – kreischt die Pforte immer noch? Die paar Schritte bis zur Haustür und dann mit Tarnkappe hinein bis vor die Person. Ihren Schädel möchte ich zusammendrücken, einen verfluchten kleinen Gedanken an die Mutter herausquetschen, ihr den liebevollen Blick auf den Mann wegreißen: ein Gedanke an mich, deine Mutter, ein einziger kleiner Gedanke nur! Meine eigenen bündeln sich zum Laserstrahl, sie dringen in deinen Kopf, dein Herz! Sie dringen, drängen, dringen. Ja, wenn man sich ent- und rematerialisieren könnte! Wenn ich mich hier in Luft auflösen könnte und am Wunschort zusammensetzen. Zusammenfließende Materie. Stattdessen gibt es leider nur den Telefonhörer, und bei dieser gewissen Nummer fällt er mir glatt aus der Hand. Ich schaffe es nicht mehr, habe ja alles schon versucht in all den Jahren. Die Stimme vom Schwiegersohn: Emily hat zu tun. Emily will keine Probleme heute Abend. Emily hat keine Mutter mehr ... Nur ich weiß, wie oft ich es versucht habe, und ich will es nicht mehr wissen! Ich springe auf, ich kann nicht mehr, ich gehe im Kreis, die Flasche ist leer. Mantel vom Haken, Schal und raus. Die kalte Nachtluft tut gut, sie legt sich um mich, als verstünde sie irgendetwas. Ist das Pflaster glatt? Wenn ich hier ausrutsche und nicht wieder hochkomme, findet mich bis morgen früh keiner. Tod durch Unterkühlung, dann hätte ich es hinter mir. Der liebe Gott verteilt keine Geschenke. Wäre es denn eins? Der Tod als Weihnachtsgeschenk.

Freu dich an deiner repräsentativen Wohnstraße in Pankow, ehemaliger Ostteil; Altbauten, Stuckfassaden. Ich musste mich immer wundern, dass sie den Stuck nicht abgeschlagen haben wie an den Gutshäusern, wirkte doch viel zu bourgeois. Breite Bürgersteige, Linden, die den ersten und zweiten, vielleicht noch den dritten Stock verdunkeln. Eine elegante, dunkle Straße, die alten Gaslaternen früher dürften auch nicht weniger Licht gegeben haben als das, was heute glimmert. Im Sommer noch schwächer, weil das Laub es schluckt. Nur im Mai leuchten die Linden so hellgrün wie in keiner Landschaft. Im Frühling … wie schaffe ich es, wie werde ich mit mir selber fertig? Ich gehorche mir nicht, zieh mir selbst immer wieder den Strich durch die Rechnung, sprich Vernunft.

Hat auch nichts gebracht, diese Flucht aus dem fernen Provinzkaff bis in die Hauptstadt. Die große, rauschende Stadt, die weniger zimperlich mit Einzelschicksalen umgeht, sie bagatellisiert, dachte ich. Und der Verkehr in einer Größenordnung, die mich davon abhält, nach Nummernschildern zu suchen. Nein, nach dem Nummernschild suche ich nicht mehr! So viele Leben, Schicksale machen das Einzelschicksal klein. Wenn es doch so wäre. Masse als Mittel zum Verdünnen von Versalzenem. Mein versalzenes Leben. Und warum, was habe ich getan? Nie hat sie es mir gesagt, niemals mir den Grund für ihr Verhalten genannt. Ich allein muss herumbohren in der Vergangenheit. Immer wieder stehst du vor mir, Emily, die elfjährige Emily, die mich fragte, vorwurfsvoll: »Kann denn eine Mutter nicht einfach mal allein mit ihrem Kind leben?« Das Bild ist stehen geblieben, hat sich verhakt und lässt sich nicht mehr verrücken. Und wenn ich hundertmal sage: Ich war doch noch jung!

Keine Seele weit und breit, nicht mal ein Fuchs auf dem überwucherten Ruinengrundstück. So was gibt es immer noch im Ostteil, wie auch die Einschusslöcher in den Fassaden, die der Westen längst ungeschehen machte. Bis auf die »Mahnlöcher« bei der Museumsinsel. Ich gehe noch bis zur Hauptstraße, starre vereinzelten Autos nach, Heimfahrern vom Weihnachtsabend mit ihren Lieben. Wer kontrolliert heute Abend schon die Promille im Blut. Komm, dreh bei, auch in deiner Straße sind nur noch wenige Fenster erleuchtet. Werde ich schlafen können? Mein Fluchtasyl, der Schlaf. Trink noch ein Glas Rotwein, nee, keine Lust mehr. Und die Tabletten muss ich aufbewahren, meine Ärztin, hysterischer Gutmensch ohne Fantasie, verschreibt mir keine mehr. Sterbewünsche überfordern das dumme Gehirn. Macht nichts, hab genug gehortet.

Was fang ich mit mir an? Ich muss was mit mir anstellen, so geht es nicht weiter. Ich muss drüber nachdenken …

Fast alle Fenster sind jetzt dunkel, Heiligabend ist zu Ende. Nun liegen sie in den Federn und stinken noch ein bisschen ihre Völlerei heraus.

Schlafen, ja, vielleicht doch noch ein Glas Rotwein, einen Schlaftrunk. Ist gerade noch ein Glas in der Flasche. Er schmeckt bitter, schmeckt nach dem wehen Abend. Lass es. Was mach ich morgen? Nicht mehr fragen, Schluss jetzt. Schlafen, schlafen wie im Hebbel-Gedicht:

»… Nur noch tiefer mich verhülle, fester tu die Augen zu.«

Zum Lesen hatte er mich immerhin gebracht, mein frustrierter Schreiberling. Sprachschönheit war sein Ding. O Gott, jetzt kommen mir auch noch seinetwegen die Tränen, nicht seinetwegen, um verschwendete Leben, einfach nur um verschwendete Leben. Und nun basta, schalt ab, schalt aus. Aus wäre toll! O ja, mein letzter Lebenswunsch. Selbstironie und ein bisschen kichern, geht doch noch.

Morgen früh wird mich der Weihnachtsmorgen in die Kindheit ziehen, ob ich will oder nicht. Aber ich habe keinen Lametta-Baum, keine Silberfäden, kein Schneelicht, das die in den Raum holen. Nur diese Welle von Heimweh. Ich zieh mir die Bettdecke über den Kopf, meine Luxusdecke, teure Daunen und ohne Massentierhaltung wohl ganz und gar unerschwinglich. Mein Kissen, meine Decke, sie geben mir Liebe. Nichts treibt mich auf die Füße, keiner, der auf mich wartet. Und das genau ist es. Gäbe es noch einen einzigen Menschen, der auf mich wartete,

Emilys Leerstelle wäre nicht so groß. Mich noch einmal auf einen Gefährten einlassen? Unvorstellbar. So ist das eben: zum Sterben zu jung und zum Leben zu alt. Schon steht Emily wieder da und fragt vorwurfsvoll. Emily, der zärtlichste Name, den wir finden konnten. Angelaufen kommt sie und legt mir die Arme um den Hals. »Sei still«, sagt sie leise, sehnt sich nach Innigkeit in meinem kranken Kopf oder in irgendeiner Gegend, wo die Reue sitzt.

Meine Männergeschichten. Die Freizügigkeit unserer Zeit, Hippie-Leben war normal. Meine Mutter hat mich beneidet. Nein, ich habe nicht gelebt wie mein Mütterlein! Ein Ehemann, der nicht aus dem Krieg zurückkehrte, und das war's. Wenn die Ehe wenigstens gut gewesen wäre. Nun, Scheidungen hat ihnen der Krieg abgenommen. Ich hätte mir ohnehin keine Scheidung für sie vorstellen können, schließlich gab es da die kleine Tochter, die Vater und Mutter gleichermaßen liebte und sie beisammen sehen wollte in einem Kokon aus Liebe und Frieden. Krieg aber ist die höhere Macht, keinem Elternteil kann das Kind die Schuld geben. Den andern erging es auch nicht besser. Männer waren knapp. Wusste jeder und hat inzwischen jeder vergessen. Frauen blieb nichts anderes übrig, als sich gegenseitig zu bewundern. Mutter hatte sich eingelebt in den Bürojob, und daheim wartete die innige Zweisamkeit mit der kleinen Tochter. Eingelebt hatte sie sich auch in ihre von Gewohnheiten und Spielregeln gestützte Selbstbescheidung. Und nicht zu leugnen ihre stummen Gedanken: Was werden die Leute sagen. O ja, diese Gedanken gab es! Selbst ihr müssen sie peinlich gewesen sein, sie sprach sie nicht aus. Aber wo blieben sie, als es um mich ging? Sehr einfach: Ich oder mein Mut zu leben waren ihr wichtiger als die Leute. Nach der Ehe-Pleite mit Armand umschloss sie Emily und mich mit ihrer Trotzliebe gegen den Rest der Welt, so ungefähr. Und mit den Jahren erklomm ihre Persönlichkeit eine gewisse Altersunverblümtheit, da höre ich sie sagen: »Im Alter lässt du die Hunde los.«

Liebe, dieses Phänomen. Und doch kann man sie sich aus dem Herzen reißen, wie man sieht. »Du tust mir nicht gut«, war Emilys Antwort gewesen auf mein bohrendes Warum. Ihre einzige Antwort. Also bin ich wieder bei der Kinder-Frage: Kann denn eine Mutter nicht einfach mal allein mit ihrem Kind leben? Mein Gott, ich war doch noch jung, als mein Eheleben unerträglich wurde. Emilys Vater, der frustrierte Literat und die Schnapsflasche. Nicht doch Schnaps! Französisch edel und rot.

Seine Boheme war meine Boheme, zehn Jahre hatte ich es mitgemacht, Boheme mit Kind. Mal Paris, mal Italien, mal Stadt, mal Busch, zwei Hippies im »alten Haus von Rocky Docky«. Ohne Strom. Mit Baby. Irgendwann ist jedes Maß voll, und Schwüre gehen über Bord. Selbst auf dem Bodensatz Mitleid grollte das dicke Aber: unser Kind. Es sollte anders leben. Der Papa hin oder her!

Nicht nur, dass sich die Kleine an eine Mama mit diszipliniertem Berufsleben gewöhnte, an eine liebevolle Oma, die mit dem Essen wartete, wenn sie aus der Schule kam. Emily dürstete danach. Sie wollte keine Hippie-Familie. Nie habe ich Emily so weinen sehen wie beim Tod meiner Mutter, und da war sie längst erwachsen. Alle Tränen für die Oma, keine für die Mama. Mutter hätte sie mir gegönnt. Sie hat mir alles gegönnt. Ihre Worte über das Glück, das sich in jedem Leben rarmache. Und wenn es mal auftauche, sollte man es nicht ausdrücken wie ein Kerzenlicht.

Da hatte es wohl mal eine Liebe gegeben, eine Enttäuschung. Sie muss bitter und schwer gewesen sein, da sie nie darüber sprach. Vielleicht ließ sie deshalb bei mir alles zu. »Wenn du mal ein uneheliches Kind bekommen solltest, komm zu mir, ich bin immer für dich da.« Das war noch vor Armand. Solche Worte in einer erzspießigen Zeit, Armand hat sie dafür geliebt.

Und auf dem Sterbebett nahm sie meine Hand, in ihren Augen die letzten Tränen über das, was sie mir sagen musste:

»Emily wird nie eine Tochter für dich sein, wie du es für mich warst.«

Kannte sie irgendeinen falschen Webfaden in Emilys Charakter? Emilys Vater hatte ähnlich gesprochen, aber der starrte dabei ins Glas. Wer soll so einem glauben. »Emily ist nicht die, für die du sie hältst.« Jaja. Emily hat sich vor ihm geekelt. Zwei Jahre hat sie es als Teenager bei ihm ausgehalten, um ihn angeblich näher kennenzulernen. Und mir später vorgeworfen: »Damit du 'ne sturmfreie Bude hattest.« Wie biegt man falsche Vorstellungen in anderen Köpfen zurecht, oder sah sie eine Wahrheit, die mir fremd war? Heimlichkeiten sind mir fremd, selbst als Schonmaßnahme. Ich lebe aus, und wenn es kracht. War immer so. Gute Nacht, Marie.

Schwere beim Erwachen, wie gut ich sie kenne. Irgendein Traum, wirr und düster, ich krieg ihn nicht zu fassen. Ich will nicht, dass es hell wird, ich mag den Tag nicht. Er sieht mich an, als ob er mit mir maulte. Armand fixierte mich so lange, bis ich lachen musste. Der Tag wird nicht lachen. Jeden Morgen versuche ich, die Nacht festzuhalten, Stille und Schlaf um mich herum, auch das Böse schläft noch, das Schicksal schläft, nichts lauert in Heimtücke. Die Stunde einer guten Welt. Denk an Gutes. Wenn ich Gutes vergesse, bestehle ich mich selbst, wenn ich Schlechtes vergesse, schaffe ich das Vollkommene. Klingt weise, klingt nach Armand. Ich brauche keine Weisheiten, einfach nur Wärme bis in die Seele hinein. Noch eine Stunde, ohne dass Böses auf mich anlegt, ohne dass es über den Horizont kriecht.

Armand. Verschwendete Leben, die gibt es. Gilt das auch für mich? Nein. Ganz sicher nicht! Dafür hatte ich zu viel Spaß, selbst mit meinem Bohemien. Aufbruch, Veränderung, Improvisation, das steckte doch in mir ebenso wie in ihm. Sinn für Komik besaßen wir beide, und nicht wenig. Und doch haben wir diese Eigenschaft unserem Kind nicht mitgeben können. Wo kommt die Spießerin her, die immer nur

Ordnung wollte? Sternstunden der Dreisamkeit, wenn wir bastelten, Karten spielten. Oder den Tannenbaum schmückten. Nein, da sonderte Armand sich aus: »Macht mal, das könnt ihr besser.« Doch er blieb bei uns, saß da und sah uns zu, wenn auch mit dem Glas in der Hand. Und die Kerzen richtete er aus, schwankte aber schon, und am Abend, bei den Weihnachtsliedern vom Tonband, schlief er ein. Die kleine Emily machte sich einen Spaß daraus, ihn an den Ohren zu kitzeln. Als auch das langweilig wurde, saßen wir zwei schließlich in unserem Sitzsack eng beisammen, das neue Märchenbuch – oder war es Hotzenplotz oder Pippi Langstrumpf? – auf meinen Knien. Wir amüsierten uns und vergaßen den Papa. Für uns ein gemütlicher Abend. Aber Nähe und Wärme verflüchtigten sich, Zeit schmarotzt wie ein Vampir.

Lass das heute, komm schon, alles in Ordnung, nichts ist passiert, nichts, was nicht seit Jahren auf die gleiche Weise abläuft. Die Tasse Kaffee lockt, das warme Bad. So geht's dann doch mit sanftem Übergang in den Tag hinein. Da darf man schon mal ans Mittagessen denken, heute mal kein Nudelmampf.

Entenbrust, hatte ich lange nicht mehr. Und heute Nachmittag an die Luft! Wohin? Für Parkbänke ist es zu kalt. Berlin-Mitte zu ausgestorben. Am Kudamm ist immer noch mehr los. Und denk nicht an die Pärchen, man muss damit leben, dass andere zu zweit sind. Ich war lange und immer wieder zu zweit, verlang also nicht mehr, als drin ist. Mittagessen, naja, genießen ist was anderes. Anschließend die Tasse Kaffee und ein Stück Schokolade, die schönste Erfindung aller Zeiten. Schokolade und Schokoladentorte wecken immer noch die Tote in mir. »Was ist schon Liebe verglichen mit einem guten Steak?«, fragt Lilli Palmer in einer Filmszene. Und später gönnst du dir ein Glas Irgendwas. Eine Stunde die Augen schließen nach dem Mittagessen, dann ab in die U-Bahn Pankow-Ruhleben und Bahnhof Zoo raus.

Nicht gerade Bummelwetter, nasskalt, dreckige Schneeränder, den Kudamm hab ich lebendiger in Erinnerung. Aber es war Sommer, und die Mauer stand noch. Jetzt verteilt sich der Betrieb zwischen Mitte und Westen; immer wieder muss ich denken, der Mauerfall hat die Glitzermeile ausgedünnt. Na gut, du sollst dich ja auch bewegen, geh einfach Richtung Halensee, schau, wie weit du kommst, und dann zurück zur Gedächtniskirche. Gibt es sie eigentlich noch, die Anmach-Lokale? Bristol? Old Vienna? Zu Emily hätten sie nicht gepasst, zu mir schon. Emily auf dem Berliner Pflaster, nee. Nicht mal als Touristin hatte es sie gelockt. Ihren Vater schon, mit dem war ich auch hier. Paris Bar, Kantstraße, als er mich fragte: »Wollen wir nach Berlin ziehen? Wo wir jetzt leben, ist das Leben verschwendet.« Da soff er sich schon emsig die Provinz aus dem Kopf. Und ich mit. Nicht ganz. Es war immer dasselbe: Bis zu einem gewissen Punkt konnte ich ihm folgen, auch zuhören, war sogar imstande, mich mitreißen zu lassen, aber dann blieb ich mit dem Trinken zurück und mit den Phantasmen auch. An mir blieb die Wirklichkeit hängen, und erst recht, als es unser Baby gab. Das unbeschreiblich süße kleine Wesen, dieses Gesichtchen, samtig, duftig, den Babyduft hab ich immer noch in der Nase. Was für ein Geschenk. Doch, wir hatten auch gute Zeiten, wir drei. Denk nur an Armands ungebremstes Lachen, seinen Sinn für Humor. »Kabinettstück« nannte er meine Begegnung mit dem Bischof in der kleinen Domstadt, auch eine vorübergehende Lebensstation. Ich auf einem Parkspaziergang mit Kinderwagen, und eine große lila Gestalt, die uns entgegenkam. Der lila Berg stieg zum Volk herab, erging sich lämmernah, beugte sich nieder, füllte den Himmel und erschreckte das Baby zum fromme Worte übertönenden Geschrei. Die Hand von Hochwürden in Gesichtshöhe. Ach so, den Ring sollte ich küssen. Ich riss die freundliche Hand herab und drückte sie herzhaft.

Das war gefundenes Fressen für Armand. Wer so lachen kann … Und wie ein Lachen doch vereinigen kann.

Aber nun: der eine seit vier Jahren tot und das Kind längst eine Erwachsene, die Bindungen zerreißt und Vergangenes löscht. Und die Dritte im Bunde krank vor Sehnsucht nach dem Kind und Heimweh nach Vergangenem.

Schneeflocken, noch vereinzelt, groß, nass und schwer. Der Himmel eine graue Last, direkt über meinem Kopf.

Komm, schau dir die Auslagen an, so viel Weihnachtliches, so viel Buntes. Erstaunlich, wie das Verlocken vergeht. Nichts lockt mehr, nichts davon, Mantel, Pulli, Schuhe, Freude an etwas Neuem, Spaß am Einkauf, alles schal und ausgelaufen.

Der Abend gestern hat mich runtergezogen, die Gedanken fliegen nicht, sie graben. Nur deshalb kommt mir wieder einmal die Frau auf der Parkbank in den Sinn. Von Zeit zu Zeit taucht sie noch auf. Die alte Frau mit dem weißen Gesicht, den hellen Augen, bei denen ich, ein junges Ding damals, dachte: glasklar geweint. Hat sich längst ausgeweint für sie, ausgetrauert, ausgehofft, ausgelitten. So viel Daseinschaos vor dem banalen Aus. Nur in meinem Kopf schaut sie mich manchmal noch an, als wollte sie mich festhalten mit ihrem hingehauchten Engelslächeln. Ich hatte ihr zugenickt, ich konnte nicht anders, aber ich ging weiter, zu jung und zu dumm, mich einfach zu ihr zu setzen. Jetzt würde ich es tun und ihre Hand nehmen, vielleicht gar nichts sagen, meine Schulter leicht an ihre lehnen, ein Augenblick Liebe zwischen Fremden. Steht nicht irgendwo geschrieben: »Jesus sah ihn an und liebte ihn«? Einfach ansehen und lieben. Eine alte Frau, zu der das Wort passte. Frau … was für ein wunderschönes Wort. Wie weich es klingt, nach Streichelhänden, Güte, Verständnis und Trost …

Mich sieht keiner mehr an, der mich lieben könnte. Damit muss man sich abfinden, mit der Lieblosigkeit am Lebensende. Aber es gibt ein Spiel, das mir guttut, manchmal spiel ich mein Spiel mit mir selbst, nämlich dass ich doppelt bin, nicht wäre, sondern bin, darauf kommt es an! Ich und mein Zwilling tief in mir. Eine Zwillingsschwester, die ich aufspüren musste, ich habe sogar einen Namen für sie, die Umkehrung meines eigenen Namens: Eva und Ave. Zusammen mit Ave fühl ich mich nicht so erbärmlich allein, und im Gegensatz zu ein paar Verwandten, die es in der Domstadt noch gibt, macht sie mir keine Vorwürfe zu allem, was ich falsch gemacht habe in meinem Leben. Cousine und Ehemann, Nichten und Neffen, die mit meinen »Spitzen« nicht klarkamen. Ich wusste nicht, dass es Spitzen waren, die ich von mir gab. Ironie. Sie könnten recht haben. Jedenfalls meiden sie mich auf dem Postweg, einen anderen gibt es nicht mehr. Auch für sie liegt Berlin auf dem Mars.

Ave macht mir keine Vorwürfe, nein, aber sie erinnert mich an dies und das, an »Wahrheiten« und ihre Folgen. Der größte Fehler, die schlimmsten Folgen: Armand. Ja, die Liebe, hat schon viel Übles angerichtet, und darauf hat Ave oft ihren Finger gelegt. Nur wenn es um das Kind geht, will sie mich schonen und zögert mit ihren Wahrheiten.

Nee, Kudamm, heute bist du wirklich keine Bummelpiste, ich hätte wenigstens meinen Lammfellmantel anziehen sollen, Kunstfell, bleischwer, aus Budapest, wo ich mir die Zähne hab machen lassen. Ursula, die Freundin, die keine Freundin war, sie gab den Tipp an mich weiter. Immerhin sind die Zähne in Ordnung.

Ave sagt, ich soll mir das nächste Lokal schnappen und mich aufwärmen, nicht mit Sekt, der ist für den Sommer, Rotwein also, Spätburgunder, flüssiger Samt. Und Taxis gibt es schließlich auch. Und wenn ich Ave antworte, ich sitze nicht gerne allein in einem Lokal, will sie wissen, dass es meine zweite Natur ist, Ausschau nach Männern zu halten. Ist es nicht, so was von nicht! Nun komm schon, verzieh dich in den nächsten Glaskasten mit Heizstrahlern, auch wenn es nicht viel zu sehen gibt.

Der Schnee fällt dichter, ein niederschwebender Vorhang, und dahinter fröstelnde Leute, die immer eiliger werden, irgendwo hineindrängen. Geh einfach mit, bevor kein Tisch mehr frei ist. Keine Sorge, heute sind Heim und Familie angesagt.

Ein Platz am Fenster für die Innenschau, angeheizt durch den schleichenden Alkohol. Mehr Fröstelnde als gedacht zieht es herein, Paare und Einzelgänger. Nix mit Heim und Familie. Beflissenheit schießt in die Beine der Kellner, keine Zeit mehr, stehen zu bleiben für ein paar Worte am Tisch. Was hätte ich denn auch davon. Vielleicht hätte ich in unsere alte Bar in der Kantstraße gehen sollen, wo ich mit Armand beim ersten Mal gesessen habe, mit Armand und zwei Amerikanern, alle drei Bekanntschaften aus dem Zug, die wir hier vertieften. Ja, so stellt man seine Weichen und ahnt nicht, welche die richtigen und welche die falschen sind. Sogar an das Thema erinnere ich mich noch, um Religionen ging es, und ausgerechnet der ungläubige Armand verteidigte seinen Gott, nämlich Zeus, der einzige Gott, der was von der Liebe verstanden hätte. War das der Auslöser gewesen für den zweiten Blick? Was der Funke bei mir war, weiß ich jedenfalls genau: Armands leise warnendes: »Mädchen, Mädchen ...« Mit unreifer Überheblichkeit, alkoholisch aufgeschäumt, muss ich zum Thema Religion und Moral Gewagtes von mir gegeben haben. Ich weiß nicht mehr was, aber ich kenne mich, erinnere mich an meine Arroganz und gespielte Selbstsicherheit. Arroganz der Unreife. Er ließ mich reden, zügelte

Überlegenheit und ließ sie doch spüren. Sein leises »Mädchen, Mädchen« war Kraft auf Samtpfoten, da wurde Geist erotisch und rieselte durch mich hindurch. Später erhielt ich das Etikett »Hochmut der Toleranz«. Ach Gott, wie öde, alles ausgelutscht.

Weitere Besuche in der Kanzstraße folgten, und schließlich unsere Spontanheirat mit der Frage, ob wir nach Berlin ziehen sollten. Dass es dann doch nichts wurde mit Berlin, hing mit der Ablehnung seiner Manuskripte zusammen. Schließlich hatte er in der Provinz sein Lokalblatt und hilfreiche Wohlgesinnte, die ihm manches durchgehen ließen: nächtliches Schreiben, verkaterte Tage; seinen Alkoholkonsum und den nicht zu brechenden Widerstand gegen einen regelmäßigen Achtstundentag. Die Achtstundenrunde hätte einen anderen Zwang bedeutet als Abgabetermine. So fiel ich unversehens in seinem Leben aufs richtige Spielfeld mit meinem verlässlichen Gehalt. Hauptsache, die Frau hat Arbeit … Nein, idiotische Stammtischsätze existierten gewiss nicht in seinem Kopf! Kein Stammtischtyp, Einzelgänger, in der Wolle gefärbt. So passte er höchstens in die Literatenrunde, Verrückter unter Verrückten. O ja, das habe ich mir verdient zu sagen, ich, gelernte Gärtnerin, die er zwang, den ganzen Dostojewski zu lesen. Da waren Blumen schon Privathobby neben meinem Tipp-Job bei der Zeitung, aber als Gärtnerin war ich auch nicht dümmer. Nicht putzen, nicht kochen sollte ich, nur lesen. Putzen und kochen würde er. Mit dem Kochen ging es ja noch, doch, das machte er sogar gut, war wohl die französische Mutter in ihm, um die er sich nie kümmerte. Eines Tages stand sie in der Tür unserer Eifelhütte, Tränen in den Augen: »Ich bin Armands Mutter.« Es traf mich mit der Keule: Mein Mann hatte ein kaltes Herz. Auch kalte Herzen werden vererbt. In dieser Spur denke ich besser nicht weiter. »Ach, wäre ich nur aus Stein. Wie du«, sagt Quasimodo zum Wasserspeier.

Da hör ich doch lieber auf Ave, sie rät mir, nach Hause zu gehen, wo mich keiner als Einzelgängerin begafft. Mitleidgafferei mit dem Frösteln unter der Haut, es möge andere treffen, nicht einen selbst. Zahlen also, mit herrischer Geste. Auch der Kellner kommt unter den Deckel mit der Aufschrift, es sind die andern, die mich einsam machen. Groll gegen alle, aber bis zum Trinkgeld ist er schon verwässert. Ich habe noch nie zahlen können, ohne Trinkgeld zu geben, meistens zu viel. Und sein überraschtes Danke, irritiert erwärmtes Scheißdanke, kann er sich an den Hut stecken.

Der Schnee fällt dünner, feiner, es scheint kälter zu werden. Noch einmal den Kudamm rauf und runter geguckt, Lichter verändern, täuschen Lebendigkeit vor, wecken die elende Sehnsucht nach Wärme aus Menschenaugen. Technik, Strom, Lampen, Impressionen aus Schaltkästen. Lass das!

Zu früh, um nach Hause zu kommen, zu klar im Kopf für die Taxi-Ausrede. Oder willst du am Taxistand fragen: Wer ist hier Berliner? Eine Berliner Schnauze wäre jetzt richtig, aber das Glück hat man immer seltener. Ab in die U-Bahn für 'ne lange Schaukelfahrt. Berlin ist riesig. Dunkle Scheiben, nichts anderes zu sehen als das eigene Gesicht, ein wenig verzerrt, zitternd verschwommen, vom weißen Schopf gerahmt. Schönes Haar habe ich, o ja, auch wenn es von der eigenen Sippe keiner bewundert. Schaffen sie einfach nicht, sich ein Kompliment abzugeizen. Fast leer ist die Bahn, kein Messerstecher weit und breit. Aber den fürchte ich ja sowieso nicht, ganz im Gegenteil. Bis ich mich warm und gemütlich eingesessen hab, dann regt sich auch wieder Ängstlichkeit um dies bisschen Leben.

Wie kommt es, dass ich noch nie von Armand geträumt habe? Dabei musste ich gerade in den letzten Jahren viel an ihn denken. Mehr als an seine Nachfolger, erstaunlich! Es muss mit Emily zu tun haben, den glücklichen Zeiten der Anfänge. Heute kann ich zumindest darüber lächeln, als sie uns in unserer Hütte den Strom abschalteten und ich beim Nachbarn die Milch für Emily wärmen musste. »Kurzschluss«, hab ich erklärt, geübt in Notlügen, im Beschönigen fehlender Verantwortung. Unser süßes Baby. Eingebrannt hat sich mir Armands verklärtes Gesicht, als er die Kleine zum ersten Mal im Arm hielt. Und meine Glücksflut umfasste beide. Gott, war ich mir sicher, er würde sein Leben ändern, radikal ändern, bürgerlicher denken, handeln, sprich: einen Job annehmen und für ein regelmäßiges Einkommen sorgen. Schreiben auch, aber nicht nur. Nach wie vor saß er nachts am Schreibtisch. Da hätte er die Kleine auch mal aufnehmen können, wenn sie schrie, und mir ein bisschen Schlaf gönnen. Heiliges Schreiben. Bannmeile. Künstler seien Egoisten, bekannte er selbst. Sie müssten es sein, setzte er noch eins drauf. Ja, wenn sie denn etwas zustande bringen … lange hab ich es nur gedacht, aber irgendwann sprang es mir aus dem Mund. Und schlug wie eine Axt zwischen uns.

Die nächste Station ist deine, scheucht Ave mich in die Wirklichkeit, bevor ich in meinem gleitenden Sitz einschlafe. Winterkälte und Rotwein, wäre nicht das erste Mal.

Und noch einmal Winterkälte und Dunkelheit. Meine dunkle Straße, meine dunkle, menschenleere Straße. Klack, klack, als ob Absätze einen aufheitern könnten. Gekrame nach dem Schlüssel, Gefummel am Schloss. Mein Torkeln kann ich nicht dem biss-chen Wein ankreiden. »›Links müsst ihr steuern!‹, hallt ein Schrei. Kieloben treibt das Boot zu Lande, und sicher fährt die Brigg vorbei.« Guck mal, was ich noch alles kann. Das hat mir die Schule eingetrich-tert, nicht Armand.

Kieloben. Ganz so weit ist es noch nicht, aber auf Schlagseite könnte ich mich festlegen. Doch be-vor ich kentere, erst mal in die Badewanne. Jeder hat seinen Wohlfühltick, für die einen die Daunen-decke, für die andern zärtliches warmes Wasser. Mir tut beides gut. Wie war das eigentlich in unserer Eifelhütte? Ich werde wohl froh gewesen sein, wenn das warme Wasser für Klein-Emilys Plansche reichte. Außerdem wurde mein Bedürfnis nach Zärtlichkeit noch anderweitig gestillt. Da brauchte ich kein Wasser und keine Daunen. Mama, Mama, Mama. Dass Emily ein Mama-Kind war, hatte ich Armands Schreibwahn zu danken.

»Geht ihr zwei mal, dann kann ich noch arbeiten.« Ein liebevolles Nachwinken, das nicht uns galt, sondern seiner Ungestörtheit. Nur wenn er die Kleine im Arm hielt und der abgerückte Innenmensch ihm in die Augen stieg und den Blick erwärmte, dann durchwogte mich diese Flut von Liebe für beide. Was für ein fernes Bild! *Gone with the wind.* Emilys letzter Anruf vor vier Jahren: »Ich wollte dich nur informieren, dass du Witwe geworden bist.«

Und ich dachte, es wäre ein Weihnachtsanruf. Erst Tage nach seinem Tod kurz vor Weihnachten hatte man ihn in der überheizten Wohnung gefunden, ich will mir nicht vorstellen, wie das war. Alles musste »entsorgt« werden, auch seine Texte. Sein ganzes Schreibleben im Papiercontainer. Für mich war es das schlimmste Weihnachten meines Lebens, nicht der Tod von Armand, aber Emilys kalte Stimme. Aus der Freude über den Namen auf meinem Display in Eiseskälte abgestürzt. Mein Weihnachten ohne Kerzen, im Dunkeln außen und innen. Dazu Armands Leben, das seine Tochter nun mit Stumpf und Stiel ausgerissen hatte. Es half mir, die folgenden Tage mit der Suche nach Texten zu verbringen, ich grub zwischen meinen Büchern nach ein paar kläglichen Veröffentlichungen in Winkelverlagen auf schlechtem Papier in schlechtem Druck.

Eine einzige Anthologie, die man ernst nehmen konnte: Armand zwischen bekannten Namen. Er hätte Besseres verdient gehabt, aber er sah es als Zeit- und Kraftverschwendung, Verlage anzuschreiben. Ihnen nachzulaufen, Klinken zu putzen, wie er sagte. Lektoren waren für ihn lesesatt und stumpf, Juroren unsensible Klopse. Dumpfbacken in Sachen Sprachzauber. Ich hatte lachen müssen, ob ich wollte oder nicht, fand seine Aburteilung herrlich. Und das brachte ihn immerhin zum Grinsen, da nahm er mich auch kurz in den Arm. Meine Literatur-Antenne hätte ich allein ihm zu verdanken. Nein, auch die sei eigene Begabung, hatte er widersprochen. Ja, aber! Ich weiß genau um seinen Part in der Sache.

Wie konnte es sein, dass mir Armand in unserer neunjährigen Gemeinsamkeit immer ein Fremder blieb? Weil er nur im Kopf lebte …? Oder im Sumpf seiner Seele? »Der Knabe im Sumpf«. Immerhin durfte ich, was niemand durfte, nämlich seine Texte lesen, die er für eine Veröffentlichung nie gut genug fand. Ich fand sie fabelhaft. *Writing is re-writing*, tönte er, wie oft musste ich das hören. Und dabei blieb es. Ab und zu benutzte er wohl die andere Sprache als Weichfilter, wütete indes gegen Anglizismen, vor allem aber gegen Fremdwörter und das, was er akademische Fertigbauteile nannte.

Ich brauchte nicht im großen Buch der Geschicke zu lesen, um zu begreifen, dass unsere Zweisamkeit nicht von Dauer sein konnte. Naja, dem erstbesten Sprungbrett in die Bürgerlichkeit widerstand ich dann ja auch nicht, heute nenne ich es die einzig richtige Entscheidung in meinem Leben ohne eine Schleppe unguter Folgen. Ab in die Rhein-Metropole, wo die Oma wartete, der Engel für meine kleine Emily.

Die Stadt am Rhein, als eine große Kleinstadt erschien sie mir, und im Rückblick wie eine Märchenstadt, in der es Zauberer gab, Zauberstäbe. Irgendeiner muss doch bei Glücksfällen am Hebel sitzen, mein Glücksfall war der Job beim Radio, der die Maus wachsen ließ. Erstaunlich rasch wuchsen die Ansprüche. Hatte irgendjemand Fähigkeiten erkannt? Natürlich, frag nicht so dumm. Immer interessanter wurde es. Eine Entwicklungschance hatte mir die Zauberstadt zugespielt. Und wie sehr genoss ich Anerkennung, zwei Jahre später schon ein wenig auch professionelle Macht. Aber das hatte auch mit Armand zu tun, dem erfolglosen Könner. So sehe ich ihn immer noch. Bekam ich ein Manuskript in die Finger, das ich gut fand, fielen mir die unsensiblen Klopse ein, die Dumpfbacken, die Begabungen am steifen Arm verhungern lassen. Was für ein gutes Gefühl, den Machern und Sagern Pfeffer unter die lustlosen Hintern zu streuen. Auch meinem hageren Schluckspecht versuchte ich zu helfen, er tat mir leid, und man kann sagen, was man will, Mitleid hat doch mit Liebe zu tun. Schmerz und Wut empfand ich, wenn man ihm nicht zuhörte oder bei einer Lesung lauwarm applaudierte. Unbelesene Hühnerhirne, die sich anmaßen, urteilen zu können. Und wie ich nach einer Jobgelegenheit für ihn auf der Lauer lag! Als sie einen Hörspieltext suchten, hatte meine Empfehlung bereits genügend Gewicht für ein Lektoren-Gespräch. Ich sehe ihn bei meinem Angebot vor mir, als er uns besuchen kam: Visier runter, kalte Abweisung. Dann sickerte doch ein Lächeln hindurch und die Kehle war frei für ein kurzes herzliches Danke. Sein Charakter ließ ihn nicht aus der Kralle: Es sei noch zu früh, er hätte noch daran zu arbeiten. Schade. Schade hoch drei!

Irgendwem, mir selbst, dem Glück oder dem da oben muss ich für diese Berufsjahre danken, eine kostbare Zeit, in der Erinnerung nur eingetrübt durch Emilys kindlichen Vorwurf: Kann denn eine Mutter nicht einfach mal allein mit ihrem Kind leben? Ein Schlag. Vor allem heute, damals war ich noch jung, hatte ein Anrecht auf Leben, wie ich meinte. Aber wie weit reicht das, wenn man ein Kind hat?

Dem darfst du nachsinnen, du tust es ungern, tu es trotzdem, sagt Ave. Ich weiß schon, was sie meint, Mutters Storm-Zitat: »Vom Unglück erst zieh ab die Schuld, Was übrig bleibt, trag' in Geduld.« Ja, ja, Ave, Intelligenz ist nun mal sexy. Eine Männerstirn, die Wissen barg, Augen, in denen Erkennen glomm, und ich bekam weiche Knie. Da stellt sich dann gleich die Frage, an wen ich gerne zurückdenke. Wer lebt denn noch von ihnen? Männer sterben zu leicht, man sollte sich gar nicht erst mit ihnen einlassen. So oder so lassen sie einen im Stich. Habe ich Heimweh nach einem Toten? Nach einer Toten, natürlich, nach unserer Mutter, Ave. Nach ihr habe ich brennendes Heimweh. Sehnsucht nach meiner Emily und Heimweh nach Mütterchen. Sonst treibe ich keinen in mir auf. Unglaublich, aber Fakt. Keiner hat eine Lücke gerissen oder Wehmut hinterlassen, Erinnerungen an Zärtlichkeit. Erotik scheint zu verpuffen.

Ich habe Zeiten, da träume ich jede Nacht von unserer Mutter. Ich glaube, sie möchte, dass ich komme. Sie weiß, dass ich nichts von Emily zu erwarten habe, sie hat es immer gewusst. Und wenn ich abends lange genug wach liege, die Nachteule hatte ja stets Einschlafprobleme, dann sehe ich durch meine Glastür den Schatten im Flur. Ich will nicht denken, dass irgendwo ein Licht ausgeschaltet wird. Im Flur steht meine kleine Laterna magica, die Salzkristalllampe, sie zeigt deutlich den huschenden Schatten.

Die Erde durstet, und ich bin eine Wasserverschwenderin. Wie oft habe ich nun schon warmes Wasser nachlaufen lassen? Körperliche Wärme, die auch seelisch wärmt. Muss wohl so sein. Allein bleibe ich trotzdem. Und beneide meine Füße und meine Hände, sie sind zu zweit, warum kann ich nicht teilhaben an ihrer Zweisamkeit?

Gib dir noch eine Chance, sagt Ave. Immer wieder sagt sie es. Nicht nur sie, auch die Freundin, die nicht Freundin ist. Weil sie jünger ist und nicht mitreden kann. Stattdessen vom Internet schwafelt als Wunderwelt in jeder Hinsicht, auch in Sachen Begegnung. Gewiss, muss man ja zugeben, eine grandiose Leistung des menschlichen Intellekts. Dazu Armands boshafter Kommentar: »Genau das, was das Menschenhirn geschaffen hat, wird das Menschenhirn verkümmern lassen. Fantasie im Leerlauf. Um das zu begreifen, reicht ein Blick auf die Klimperfinger von Kindern.«

Nee, auf das Internet lass ich mich nicht mehr ein. Da geh ich lieber zum Silvesterball. Allmächtiger, alte Schachtel! Das alte Ballhaus in der Hasenheide, Tischtelefon und Rohrpost, gibt es das überhaupt noch? Habe ich nicht irgendwo Plakate gesehen? Ich schau mal morgen. Ja, morgen. Ist noch lange hin. Heute will ich nichts mehr von der Welt, und es ist mir egal, ob die was von mir will. Kudamm, Mitte, alles schnuppe, alles für andere. Nur den einen geliebten Menschen, meine Emily, wie scheuche ich sie aus dem Kopf? Vielleicht sollte ich die Wirkung meiner Tabletten ausprobieren, die ich Armand geklaut habe. Vor Urzeiten. Ihm blieben immer noch genug. Ob er sie genommen hat, werde ich nicht mehr erfahren. Aber ich werde sie ausprobieren. Heute? Demnächst.

Das Morgengrauen weckt mich, oder ist es die Traurigkeit, die ins Erwachen drängt? Morgens muss ich weinen. Tränen statt Kaffee, kannst ruhig witzeln, Selbstironie, auch so'n faules Ei. Wenn Traurigkeit so schwer wiegt, hat Vernunft keine Chance. Trauer wie dichter Nebel, ja siehst du, nur Regen löst Nebel auf, Tränen besorgen es der Trauer. Also heul. Dann gibt's Kaffee. Ein Wunderwerk der Natur, diese Tränen. Für alles gibt es eine Forschung, auch für das Lachen und das Weinen?

Ich höre das Nichts, Stille wie im Weltall. Keine Reifen auf dem Asphalt. »Morgenstille überall, kein Bach und keine Nachtigall«, das Tal liegt in Winterstarre, Weihnachtsstarre. Wann ist Sonnenaufgang? Was habe ich im vorigen Jahr am ersten Feiertag gemacht? Versuch gar nicht erst, danach zu graben, das Nichts hat keine Spur. Und die Weihnachten mit Armand schmücken auch keine Erinnerungen, Katerfest, für mich jedenfalls; Alkoholiker bekommen keinen Kater mehr. Denk lieber an die Jahre der Trennung, Weihnachten mit Mama und Emily. Unser Tannenbaum liebevoll geschmückt, unser Weihnachtsessen, die stille Stunde danach, Mütterchen auf der Couch, ich im Korbsessel, die Augen geschlossen, ein bisschen schläfrig. Mutter sorgte für Regelmäßigkeit. Andere Leute halten die Mittagszeit ein, halten Mittagsruhe, mein Tag lebte nach dem Zufall, Feiertage jedenfalls, spätes Frühstück, Mittag nicht in der Tagesmitte. Aber das war ja an diesem Tag nicht der Grund.

Wo war Emily? War sie zur neuen Freundin gegangen, die über uns wohnte? Ihre Schritte konnte sie sogar hören, ein Gruß von oben, bei dem Emily nach innen sank, nur ihr Lächeln außen ließ, das so sehr zu ihrem zärtlichen Namen passte. Aber dann ihre verknotete Miene, die gar nicht dazu passte. Im Treppenhaus fand ich sie, einen Stock höher auf einer Stufe vor der Wohnung der Freundin. Sie hatten auf das Klingeln nicht geöffnet. Dieser Ausdruck von Enttäuschung, Verletzung, Unverständnis.

»Sie wollen mich nicht«, stieß sie hervor und ließ sich von der Stufe ziehen. Aber meine Arme wehrte sie ab, wand sich heraus, entzog sich meiner Hand auf ihrer Schulter. Meine Erklärung von der Mittagsruhe drang nicht ein. Wie gerne hätte ich den schmalen Kinderrücken gestreichelt, sie wie ein Vögelchen in meiner Hand gehalten. Aber mein Liebling gehörte mir schon nicht mehr, Zärtlichkeiten ließ sie zu oder nicht. Bei der Oma immer. Und manchmal war ich sogar erleichtert darüber, fühlte mich aus meiner Hilflosigkeit befreit. Ich ging in die Küche, um den Kaffee zu brühen. Als ich mit dem Tablett das Zimmer betrat, saßen die beiden auf der Couch nebeneinander, die Oma sprach mit leiser Stimme, merkte nicht, dass Emily ihr nicht zuhörte. In ihrem Gesichtchen war Leere. Und am nächsten Morgen, als die Freundin in der Tür stand, fuhr ein harter Strich durch das liebe, vertraute Gesicht, die sonst so vertraute Lachbereitschaft. Wie gern sie lachte, und wie gerne ich sie dazu gebracht habe! Stattdessen unkindliche Strenge und dazu ihre Worte, sie wolle jetzt was anderes tun, nicht auf die Straße. Die irritierte Freundin, mein Einwand, das könne sie doch später ... Ihre

kindliche Autorität war nicht kindlich: »Mama ...!«
Ich schwieg sofort, die Freundin ging, ich berührte
ihre Schulter tröstlich. Emily – der zärtliche Name
sprang ab wie ein falscher Kontakt –, Emily hat
die kleine Freundin nie wieder angesehen, sie auf
der Straße in Luft verwandelt und aus ihrem Herzen gerissen, wie man sagt. Das schafft sie eben,
ich muss es wissen. Ein Wesenszug, den das Kind
schon verriet und der mich tief erschreckte. Der
Name eine Fehlbesetzung. Gefühllose Verbohrtheit,
noch wehrte ich mich gegen diese abstoßende Dia-
gnose, aber sie kehrte wieder.

»Du kennst deine Tochter nicht. Sie ist nicht so,
wie du glaubst.« Traurige Worte von Armand, als
der Teenager Emily nach einem Versuch, »ihren Vater besser kennenzulernen« und eine Weile bei der
Schnapsdrossel zu leben, ihre Sachen zusammen-
raffte und ging. Hatte ich es vergessen? Jetzt weiß
ich es wieder. Eine Erinnerung, eine Botschaft. Ein
Nein aus Granit. Wer straft es ...

Wenn jemand aus großer Ferne herabsähe, mir zu-
sähe. Ein Stern, fern und kalt, glitzernde Gleichgül-
tigkeit hoch über mir, bis zur Schmerzlosigkeit soll

er mich verkleinern. Eine winzige Gestalt im Menschengewimmel. Hauptbahnhof einer großen Stadt. Züge hinein und hinaus. Was doch der Mensch zu seiner Beweglichkeit erfunden hat. Die eigenen Mittel ungenügend, Beine, Füße, lächerlich. Und was für ein Gegensatz zum Tempo des Geistes! Wunsch, Plan, Streben, man muss die Sache angehen. Mein Gott, wie zappelt man sich ab. Und hoch über einem ein kalter Stern, *that couldn't care less*. Oder eine grinsende Gottheit, Gott oder Satan, der dich wie einen Krümel vom Tisch wischt. Soll mir recht sein.

Aber den Dorn werde ich zurücklassen. Strafe. Rache. Rollen, Rauschen, Schienenglätte, Weichenstöße. Wo sind die Abteile geblieben? Die kleine Reisefamilie, die zusammenzog und ihren Mitteilungsdrang wie aus der Tube presste; stattdessen Großraumwagen für schweigende Ameisen. Die Luft gerinnt fremd, bannt ins Gehäuse, ins einzelne, persönliche Menschenlos. Merkt es keiner? Fehlt ihnen gar nichts? Vermutlich haben sie recht. Wen in Sternenferne kümmern schwere Herzen.

Und Ave soll die Klappe halten, sie hat nichts mehr in meiner Nähe zu suchen.

Die Ameisen lassen sich durchs Land schaukeln, keiner weiß es, keiner sieht es, nur ich, zum Punkt verkleinert.

Buschwerk zu nah am Gleiskörper, zu nah an den Fenstern, fließende Striche, sie machen schwindlig, machen die Lider schwer. Ein fließender Vorhang vor der Landschaft, Weite, Felder, Wälder, Hügel. Das Bildgesplitter macht kribbelig, da schließt man lieber die Augen. Gegen Abend das Mittelgebirge, die Eifel. Abwehr rinnt mir die Arme hinunter bis über die Handrücken. Ich dachte, ich hätte den Gefühlshebel herumgeworfen. Hat doch den ganzen Tag funktioniert.

Nicht denken, nur tun. In der Reisetasche nur die Wasserflasche, Trinkbecher und vor allem meine Wolldecke für die kalten Stufen. Und das hochkarätige Päckchen. Sicherheitshalber nur die Hälfte, die andere Hälfte in der Handtasche, zusammen mit Personalausweis und Führerschein für die Autovermietung. Verteiltes Risiko, auch die Hälfte wird reichen, falls ein Gepäckstück verloren geht.

Der Zug hat Verspätung, die Anschluss-Sorge ist für andere, mich braucht kein Anschluss mehr zu kümmern, der nächste Halt ist Endstation.

Den schmalen Gang blockieren Rollkoffer. Ich lass die Drängelnden vor. Nein, danke, die Tasche ist leicht. Ich reiße an ihr, ein Höflicher guckt erstaunt; ab und zu rührt graues Haar noch an Hilfsbereitschaft.

Was für ein Gefühl von Überlegenheit, die andern rennen zu lassen! Gerenne in Richtung Treppen, im Nu entwimmelt der Bahnsteig sich, und ich folge gemächlich. Nicht denken, nur tun. Die Treppe nach unten, der breite Gang, Treppen nach oben zu anderen Zügen. Nicht für mich. Die Halle, bunte Lichtreklamen, die Augen sortieren.

Autovermietung, da drüben! Ein Schalter, eine Angestellte, Ausweis, Führerschein, ein Formular für eine Unterschrift. Dumpfes Herzklopfen bis in den Hals. Wann bin ich zum letzten Mal Auto gefahren? Jemand wird gerufen, und ich laufe hinterher. Da steht die kleine Kiste, irgendeine dunkle Farbe. Ein paar einweisende Worte, vor allem zur Beleuchtung, ich nehme sie auf wie ein Tonband. Dann sitz ich am Steuer. Auto fahren verlernt man nicht, will ich glauben. In Berlin braucht man kein Auto. Armand brauchte eins, war nur meistens fahruntüchtig, und dann hab ich übernommen. Am Steuer kommt alles zurück. Ich drehe am Schlüssel und schon lebt mein Autochen. Es schnurrt, es zittert, zerrt an mir wie ein ungeduldiges Kind, das loslaufen will. Ich mach ja schon, kuppeln, schalten, Gas, hupps, noch mal. Und nun langsam den Pfeilen nach zur Straße. Keine Autobahn, nur Landstraße. Ich kenne mich ja aus auf der Strecke von Koblenz bis ins Eifelkaff und zum Häuschen mit Marcos Schreinerei. Ein Schreiner für Emily, Tochter eines Schriftstellers. Ja, ich hör dich, Ave, nur ist es jetzt zu spät, spitze Bemerkungen zurückzunehmen. Zu spät. Dieser Marco ... zuerst hat er mich umgarnt, um an die Tochter ranzukommen. Hat sich als Sohn gebärdet, lieber Junge und so, immer hilfreich. Wann hat es angefangen mit den Spitzen? Seine Pikiertheit hat sie mir bewusst gemacht, richtig, ich hab sie gar nicht wahrgenommen. Mein Naturell. Pech. Als die Forderung kam: »Deine Mutter oder ich«, war nichts mehr zu machen, Koffer packen und ab nach Berlin. Und Emily ließ alles zu.

Jahre, Jahre – sie sind auch über diese Straße gefegt, spurlos wie meine Scheinwerfer. Nun ja, Frostschäden werden sie repariert haben, aber sonst? Ruhig, Herz! Ortseinfahrt, na gut. Immer ruhig. Bachblüten hätte ich mir einstecken sollen, *Rescue*

Drops. Wie spät ist es? Zwei Stunden muss ich noch warten. Mindestens.

Andererseits … ein kalter Winterabend, wer will da noch vor die Tür? Die Rollläden runtergelassen. Immer noch die schweren Holzrollos, ich höre ihre Schwere und das Aufsetzen, hab Marcos Bewegung vor Augen, kantig, kraftvoll wider das Draußen. Ein wenig Fugenlicht als Signal der Anwesenheit hat er der Besucherin bewilligt.

Kurv noch ein bisschen herum. Einmal ums Karree, wie sie in Berlin sagen. Das Buschwerk ist höher geworden, die Hecken auch, aber Bäume fehlen … Stand da nicht der Klarapfelbaum? Die besten Äpfel der Welt, keiner will sie mehr, ich hab sie geklaut, spät abends aus dem Gras gesammelt, ein paar jedenfalls. Und der Moralapostel von Schwiegersohn ließ sich vernehmen: »Sag deiner Mutter …« Schlechter Einfluss auf die Enkel, die noch nicht da waren und auch nicht kamen. Schade. Vielleicht hätten sie die Oma als Spießgesellin geliebt.

Die Solarzellen auf dem Dach hat er bestimmt selber eingebaut, er kann ja alles.

Mein Auto und ich brauchen ein dunkles Plätzchen zum Warten und mit Blick auf den Schauplatz der Handlung. Zwei breite, flache Stufen zur Eingangstür fürs Drama. Abgeguckt bei der Nibelungen-Inszenierung vorm Speyerer Dom? Treppen mit und ohne Portale waren schon immer Bühne. Mein Einpersonenstück braucht keine Domstufen. Geschluckt wird im Auto, in aller Ruhe. Warum hab ich keinen Rotwein mitgenommen, warum nicht?! Dumme Henne. Wäre doch gemütlicher gewesen. Eine gemütliche Sache draus zu machen, ja! Andererseits, bedenke den Weg vom Auto bis zur Haustür. Gut, dass mir noch in letzter Minute das Mittel zur Magenberuhigung einfiel. Gibt ja hier keine Badewanne, in die ich mich zusätzlich legen könnte. Müllsack zum sicheren Ersticken im Schlaf kommt auch nicht in Frage, könnte als Mord gedeutet werden. Die Botschaft darf nicht auslegbar sein. Mein Testflug zumindest hat funktioniert, hab selig geschlafen wie lange nicht mehr.

Zeit für Gedanken; Erinnerungen an ein ganzes Leben sollten leicht zwei Stunden füllen. Aber sind Erinnerungen nicht Tentakel mit Saugnäpfen, die zurückhalten wollen? Kann ich nicht gebrauchen. Mach es wie Emily: Mutter? Gab es nie. Kindheit mit Mama? Löscher drauf. Mama und Papa, ein Ausflug zu dritt? Löscher drauf. Halma zu dritt? Löscher. Die Begegnung mit dem Bischof … Löscher … da war sie noch zu klein.

Wie Scheinwerfer streichen meine Augen die Entfernung ab, messen Schritte. Auf der Straße schon zusammenzubrechen, würde die Wirkung zerstören. Die ganze Ladung konnte ich schließlich nicht testen. Geh kein Risiko ein, schluck erst vor der Haustür. Decke, Wasserflasche und Pillen, dann liegen auch die Schachteln herum als eindeutiger Beweis. Die besten Ideen hat man zum Schluss, Armands Worte, nur meinte er seinen Text. Meine Botschaft muss mit scharfem, eindeutigem Dorn strafen. Mit dem zerquälten Leben für den Rest ihrer Tage. Sie ist erst fünfzig, meine Eisprinzessin. Die Mutter tot vor der Haustür, weil das kalte Herz sie nicht mehr einließ, nicht ins eigene Leben … und sie wohl auch aus der Erinnerung verstieß. Gelöscht. Nie gegeben hat es die Mama. Nun kommt sie als Tote, als Racheengel. Wer wird mich zuerst finden? Wenn es Enkelkinder gäbe, Schulkinder, die früh das Haus verlassen müssten, über die Gestalt stolperten, sie würden Geschrei machen, da könnte man nichts mehr vertuschen. Vertuschen … wenn

Marco … wenn er nicht den Hinterausgang direkt in die Werkstatt nähme, wenn er mich fände, mich erkennen würde, meine Absicht durchschauen … Ich sehe es vor mir, es ist noch dunkel, er zerrt den leblosen Körper aus der Hausbeleuchtung in den dunklen Garten, grapscht sich die Decke. Er muss mindestens auf die andere Straßenseite kommen, zu irgendeinem Gebüsch und so weit wie möglich weg vom eigenen Haus. Papiere an sich nehmen, vom Mietauto weiß er nichts, das sieht ihm seelenruhig zu, kann sich der Enthüllung sicher sein mit dem Vertrag im Handschuhfach. Aber bis das alles in Gang kommt, Polizei, Identifikation, die Klingel an der Haustür, eine ahnungslose Emily, die nie erfahren wird, ob ihre Mutter sie als Mutter besuchen wollte oder als Racheengel, und ob überhaupt. Die also keinen Dorn im Herzen tragen wird, keine Gewissenspein. Die es sich erlauben kann, einfach nur die Schultern zu zucken, ja, mehr ist für mich wohl nicht drin, Ave. Selbstschutz statt Herz, alles andere kann ich vergessen, Tränen etwa, dunkle Stunden, reden wir nicht von Reue, aber vielleicht von Wehmut. Ich muss mir vorstellen, dass es Emily ist, die zuerst über mich stolpert, nur dann gelingt mir Strafe, ein Minimum von Strafe. Aber auch die lohnt sich als Gegenwert.

Den Carport kenne ich noch nicht, zwei schicke Autos im Ställchen, das Geschäft scheint gut zu gehen. Ich weiß nicht mal, ob Emily noch arbeitet und früh wegmuss. Sie wird arbeiten, sie hat keine anderen Talente, keinen Künstlerfaden im Wesen. War sie überhaupt je kreativ? Jeder ist kreativ, und im Basteln und Nähen war sie ganz gut, besser als ich. Wozu nicht viel gehört. Richtig gut war sie im Schachspiel mit ihrem Vater, richtig gut. Logikerin, Strategin, Denkerin. Nun wird sie sich auch das Richtige zusammenreimen, egal, ob sie mich zuerst findet oder nicht, da kann ich sicher sein. Doch, das kann ich.

Wer wäre Zeuge, jenes gleichgültige Gestirn aus Himmelstiefen? Der Winzling da unten mit seinem Kummersack und wie er den Blick in die Tür mit der ehernen Geschlossenheit bohrt, ihrer gnadenlosen, nicht zu erweichenden Ablehnung. Sie muss aufgebrochen werden, diese eisige Verriegelung. Wird die Tochter je wieder die Schwelle übertreten können? Die kauernde Gestalt auf den Stufen zwischen Morgendunkel und Flurlicht, kurz bevor die Tochter zur

Tasche greift, das Licht ausschaltet und über das Hindernis auf der Treppe gestolpert wäre, gefallen vielleicht neben eine Tote. Ohne Berührung sinkt der Kopf zur Seite, der Oberkörper, der in der Türnische lehnte, mit einer Drehung der Tochter entgegen, das weiße Gesicht, Totenblässe, die Starre des Gegenständlichen im Lichtschein auf der Stufe, hier gibt es keine Antwort mehr, keine Reue, kein Vergeben. Schreit Emily auf? Bleibt ihr Schrei lautlos, stößt er in einen Weinkrampf? Wird sie je wieder über diese Schwelle treten können? Marco, der Ordner und Bestimmer ihres Lebens, tritt hinzu, starrt wortlos von einem Gesicht ins andere, von den geschlossenen Augen in die sehenden. Was tauschen diese Augen aus? Eine Lebensgeschichte, die Schuldfrage? Was man gefordert und was man zugelassen hat?

Wie spät ist es ...? Wie lange schon wollte ich mir eine Armbanduhr mit größerem Zifferblatt gönnen, das wird nun nichts mehr. Eine neue Armbanduhr hält mich gewiss nicht mehr zurück. Nichts hält mich mehr zurück.

Das Haus sieht aus, als schliefen sie schon, auf der linken Seite jedenfalls, rechts schimmert Licht durch ein paar Rollo-Ritzen. Ich hab das Fernsehen vergessen, natürlich, sie sehen fern, nach dem Hauptprogramm noch die Nachrichten, dann ab in die Körbe.

Warten, warten, Zeitgefühl aus Watte, Zeit wabert wie Nebel, der sich auflöst.

Aha. Jetzt. Schlafenszeit. Das Licht im Flur springt an, Bewegung hinter der Haustür, den gelben Kitsch-Butzen. Dahinter gleich die Treppe nach oben … nein, die Haustür wird aufgerissen, eine Frau, Emily mit Müllsack, schon wieder zu schwer, ich hab ihr immer gesagt … Sie ruft etwas über die Schulter zurück nach drinnen …, rasch, die Wagentür auf! Marcos Stimme aus dem Haus, sie lacht, Emily lacht, er bringt sie noch zum Lacher, das ist doch was. Der Müllsack ist schwer, wie zierlich sie ist und ganz schief mit dem Sack. Warum muss sie das machen? Sie ist wohl immer noch flinker als ihr Klotz. Der Deckel der Mülltonne fällt wieder zu, sie lacht leise weiter, zutiefst vergnügt, die kleinen Gluckser kenne ich. Sie sieht zum Himmel hinauf, sie sucht die Milchstraße. Wie oft haben wir die Milchstraße gemeinsam gesucht. Das Lachgesicht wird ernst, jetzt … eine Husche Erinnerung? Wohl doch nicht. Zufrieden sieht sie aus. Einfach nur zufrieden.

Die Haustür schließt sich wieder, Emily ist weg. Ich fass es nicht. Ihr Anblick, ihr Lachen, was mach ich damit? Ihr unerreichbares Leben, ihr Bilderbuch ist einmal kurz aufgeklappt und hat sich wieder geschlossen. Wegtauchen von diesem Bild, wegtauchen und das Lachen zerstören, ihr das Lachen rauben … so war es doch geplant.

Die schmale Gestalt und ihr Lachen, ein Mensch im Einklang mit dem Leben, weit und breit kein unberechenbares Schicksal, das böse zuschlägt, aus der Halterung reißt, ein Mensch im warmen Dasein, mein Mensch. Sie ist und bleibt mein Mensch, mein Kind. Mein Kind auch ohne mich, abgetrennt von meiner Liebe. Sie will sie nicht mehr, gegen meine Erinnerungen kann sie trotzdem nichts tun, sie füllen auch mein Bilderbuch. Jederzeit kann ich es öffnen, wann immer ich will. Da fallen die Seiten auseinander zum kleinen Geschöpf in meinem Arm, in den Augen staunendes Leben, die Welt der Liebe noch unbekannt, aber erspürt, es reicht zum Lächeln des Vertrauens.

Loslassen ist für kalte Idioten.

Sie soll ihr Lachen behalten, solange die Götter es wollen. Und du, lieber Gott, taugst zwar nicht zum

Bitten, aber zum Danken. Ich danke dir für ein Lebensgeschenk, ich bin einfach nur dankbar, werde alle Erinnerungen, jeden Schmerz mit Dankbarkeit zudecken. Warum habe ich keinen Sekt dabei? Zu Hause werde ich eine Erkenntnis feiern, auch wenn sie bald wieder verpufft. Obwohl, nein, zum Feiern ist mir nicht. Rotweinschwere täte gut. Wozu Rotwein, du hast doch das Tor zum Nichts bei dir. Dem schmerzfreien, unverwundbaren Nichts. Eine einzige kleine Pille, nur um irgendwo zu schlafen. Betäubt nennt man es wohl, erstarrt wie Frau Lot, ich muss schlafen, um wieder wach zu werden. Komm, such dir anderswo eine dunkle Ecke, na, fahr schon. Bis zur Autovermietung? Warum nicht? Die Einfahrt hatte kein Tor, irgendein dunkler Winkel auf dem Vorplatz. Vielleicht haben sie Kameras für ihre Autos. Richtig. Irgendeine Ortschaft auf der Strecke also. Und morgen zurück nach Berlin? Was denn sonst! Der nächste Intercity ist deiner. Und dann? Dann siehst du weiter. Berlin … noch einmal das Abwehrgeriesel die Arme hinunter bis über die Handrücken. Beißen statt gebissen werden soll guttun. Wer hat das gesagt, du, Ave? Gib einfach Ruhe, sagt Ave, werde alt und lass die Hunde los. Das sagt sie zwar, aber es erreicht mich nicht. Dann geh einfach, »heimlich, still und leise«. Zu Hause … meine einsame Zelle, und trotzdem: Da bin ich *Queen of the Castle*, meine vier Wände kontra Welt und Besserwisser! Es gibt kein besseres Wissen, ihr Ethik-Schlauberger. Ein Brief noch an die Polizei, nur Information, nichts weiter.

Und dann … mein Rotwein und alle Fenster auf. Her mit den weißen Engelchen und heimlich, still und leise auf und davon.

Noch einmal der ferne Stern aus kalter Unendlichkeit zu mir herab. Zum Bahnhof, zur Frau am Stehtisch mit dem dampfenden, belebenden Morgenkaffee, dem Croissant. Solange man lebt, belebt man sich. Der Bahnsteig, das silberne Hai-Maul des Zuges, Drängen und Hasten, Eilige der Frühe frönen der Erfindung des Rades.

Der Großraumwagen und das Buschwerk zu nahe am Gleiskörper, wirr und schwindlig macht es, man sieht die Landschaft nicht.

Kein Blick in die Ferne.